MUNDOS POSSÍVEIS

A Memória de Odin
por Jason R. Forbus

Diretor editorial: Jason R. Forbus
Traduzido por Pasquale Silvestri, revisado por Sylmar Santos
Gráficos e layout por Sara Calmosi

Ilustração interna: *Odin enthroned and holding his spear Gungnir, flanked by his ravens Huginn and Muninn and wolves Geri and Freki*, 1882, Carl Emil Doepler

ISBN 979-12-5633-001-0

Ventus Press
Ali Ribelli Edizioni Group
www.aliribelli.com
redazione@aliribelli.com
Gaeta, Italy

Ventus Press, operating under the Ali Ribelli Edizioni group (Rebel Wings Publishing), is distributed worldwide through IngramSpark.

A Memória de Odin

por Jason R. Forbus

VENTUS

Deuses, Heróis e Gigantes
Composição breve sobre a Mitologia Nórdica

A mitologia nórdica nós sempre lembrou de marés tempestuosas, paisagens nevados, florestas mágicas e campos de batalha encharcados de sangue. Suas histórias contam as proezas de guerreiros corajosos, dragões, trolls, anões e gigantes. O culto por Odin e Thor é uma grande fonte de inspiração pelo gênero Fantástico - é só preciso pensar ao "Senhor dos Anéis" de J.R.R. Tolkien ou aos modernos jogos de rolo.

Mas como se originou a mitologia nórdica?

No princípio só havia o *Ginnungagap* (literalmente "Passagem Aberto"), o abismo cósmico que existia antes da criação mesma. De repente, como dois Big Bang paralelos, nas respectivas extremidades do Ginnungagap se formaram dois planos da existência: ao norte o gelado *Niflheimr* e ao sul o abrasador *Múspellheimr* que fiz, com seu calor, derreter parte do gelo de Niflheimr, assim originando 11 rios, os *Élivágar*.

Esses rios se esticaram tão longe da fonte que endureceram, formando mantos de gelo e de geada que cobriram completamente o Ginnungagap. Mas os ventos cálidos de Múspellheimr derreteram o gelo e das suas gotas se formaram os primeiros seres do cosmo: *Ymir*, pai dos Gigantes de Gelo, e *Auðhumla*, a "vaca cósmica". Graças ao leite dela o neonato Ymir se tornou num Deus robusto.

> Antiga era a era quando Ymir viveu;
> Mar sem ondas frescas nem areia havia;
> Terra não tinha sido, nem céu acima,
> Mas um vácuo bocejante, e grama em nenhuma parte.

> Edda *Völuspá*, terceira estrofe

Ymir era sábio e malvado, assim como todo sua descendência teria sido. Enquanto olhava o vasto e ermo abismo ao entorno dele, achou que fitar o vazio assim fosse um desperdício de energia e concluiu tirar um cochilo. Então se enroscou para passar a noite, mas, seja porque esqueceu de apagar a calefação de Múspellheimr, começou a suar abundantemente. Ao invés de encharcar o lençol como acontece conosco, simples mortais, cada gota de suor dele se transformou num gigante, originando essa raça de barulhentos senhores da guerra. Mas seu inato poder de gerar a vida não se limitou aos gigantes: sob seu braço esquerdo nasceram um homem e uma mulher e entre suas pernas levantou-se um filho de seis cabeças e com um nome impronunciável: tal *Þrúðgelmir*. Enquanto Ymir dormia, a vaca cósmica não ficou sem fazer nada. É fácil imaginar que a comida que tinha a disposição fosse muito pouca, até que o desgraçado animal tivesse que lamber o sal incrustado a algumas pedras geladas. Lambendo adiante, quase na tarde do primeiro dia descobriu o cabelo de um homem; o dia depois a cabeça dele e no terceiro dia revelou seu corpo inteiro. O homem se chamava de *Búri* ("o procriador"), e gerou um filho idêntico a ele chamado de *Borr* ("o procriado" - a pouca criatividade que eles tinham em dar os nomes deixa entender que a comida não era a única coisa que não bastava).

Borr casou a *Bestla* (a neta do gigante do gelo *Bölþorn*, provavelmente um sogro terrível!) e com ela tinha três filhos. O primeiro se chamava *Odin*, o segundo *Víli* e o terceiro Vé.

Um dia, mesmo ao que aconteceu com *Kronos* e com seus filhos, os deuses do Olimpo, os três pirralhos decidiram matar Ymir e afogar no sangue dele todos os gigantes que tinha gerado. Os únicos que alcançaram a escapar a matança foram *Bergelmir*, filho de Þrúðgelmir de seis cabeças, e sua esposa. Graças a eles a estirpe dos Gigantes de Gelo sobreviveu a ira de Odin.

Depois de ter perpetrado esse crime horrível e, não sabendo o que fazer com o corpo incrivelmente volumoso do malvado Ymir, Odin e seus irmãos utilizaram-no para criar *Midgard* ("ou Terra de Meio" isso faz tocar algo?), mesmo no meio do Ginnungagap. As sobrancelhas de Ymir foram plasmadas para formar o mundo de Midgard, que era o abrigo ideal contra as incursões dos gigantes; sua carne se tornou terra, seu sangue encheu rios e lagos, dos ossos dele ergueram montanhas, os dentes, junto a todo o que sobrava do esqueleto dele, viraram pedras de cada corte e dimensão, dos seus cabelos cresciam árvores e florestas. Não sendo completamente satisfeitos com sua obra-prima, os três irmãos colocaram o crânio de Ymir sobre o Ginnungagap, criando a esfera celeste, sustenida por quatro anões até o fim dos tempos (esperando que de vez em quando pudessem ter um dia de folga…).

Seus nomes eram *Norðri*, *Suðri*, *Austri* e *Vestri*, e devemos mesmo a eles o nome dos pontos cardeais. Falando nos anões: nossos amigos barbudos nasceram das larvas que banquetearam com o cadáver putrefato de Ymir; então como pelo porco, de Ymir também, não se joga nada fora. Como os ossos terminaram, os deuses seguiram com o cérebro do gigante, despedaçando-o e jogando os pedacinhos no ar como fossem macabros confetes. No céu, os fragmentos de matéria grisa tornaram-se em nuvens repletas (eis a próxima vez que você fica deitado na grama olhando para as nuvens, pense no pobre Ymir). Por último os deuses coletaram as faíscas de Múspellheimr e as espalharam em todo lugar no Ginnungagap dando vida a luz e as estrelas.

Agora que o mundo for criado, era preciso dar-lhe o "alento da vida": para fazê-lo, Odin colocou um dos filhos de Bergelmir, o transmorfo *Hræsvelgr*, ao fim da Terra. Quando ele alcançou seu lugar se transformou numa águia gigantesca, começando a agitar as asas tão forte que gerou o vento que sopra pelo mundo inteiro em todas direções.

A cosmologia nórdica compreende 9 mundos (*Nío Heimar* em nórdico antigo) e é muito interessante notar como, sempre que Plutão não tivesse sido rebaixado, nosso sistema solar teria tido o mesmo número de planetas. Além do supramencionado Midgard, que aproximadamente é a Europa do Norte e então o mundo conhecido das tribos germânicas, os oitos sobrantes podem ser divididos em duplas opostas: os já mencionados Múspellheimr e Niflheimr, fogo e calor contra gelo e frio; *Asaheimr* e *Hel*, que podemos - aunque se não seria perfeitamente exato - comparar ao Paraíso e ao Inferno da mitologia cristiana; *Vanaheimr* e *Jötunheimr*, criação e destruição; *Alfheimr* e *Svartálfaheimr*, luz e escuridão.

Esses mundos são interconectados pela Árvore do Mundo, *Yggdrasill*:

> Sei que um freixo se ergue,
> Yggdrasil seu nome,
> Com água branca de argila
> é a grande árvore molhada;
> Daí vem os orvalhos
> que caem nos vales,
> Sempre se ergue verde sobre *Urðarbrunnr*
> que faz com que cresça.

Edda *Völuspá*, segunda estrofe

Segundo a interpretação mais fidedigna desse mito, os ramos de Yggdrasill esticariam-se muito além das estrelas, no entanto a árvore seria sustenida de três raízes que afundam só em três lugares: no poço *Urðarbrunnr*, na fonte *Hvergelmir*, e no poço *Mímisbrunnr*.

A importância de Yggdrasill pela mitologia nórdica e também evidenciada na edda *Völuspá*, ou "Profecia da *Völva*" ("Vidente" no nórdico antigo):

> De nove mundos me lembro,
> de nove suportes
> e da árvore mensurador,
> o qual excelso penetra a terra.

Mas o que temos a dizer dos deuses e das criaturas sobrenaturais que povoam a mitologia nórdica? As divindades são divididas em duas classes: os *Æsir* e os *Vanir*, entre os quais os últimos não são tão conhecidos e são em qualquer jeito subordinados dos primeiros. A distinção, depois disso, não é muito clara: em um passado longe as duas facões combateram uma a outra, depois alcançaram a paz, trocaram reféns e alguns deles até juntaram os trapos. Além disso, a pertença de algumas divindades a uma das duas classes ainda não fica clara o bastante.

Uma coisa que os *Æsir* e os Vanir têm em comum é seu ódio geral contra os *Jötnar* (*Jötunn* ao singular): um tipo de entidades que estão em contraste com divindades e outras criaturas, como anões e elfos. Essas entidades são difícil a identificar e vêm descritas, a segunda do texto, com diferentes termos entre os quais *trolls*. Os trolls podem demorar um tempo para compreender e têm uma aparência grotesca, ou podem ser parecidos com os humanos ambos no exterior e no comportamento, sem mostrar traços característicos da verdadeira natureza deles. Geralmente, os Jötnar não são sempre grandes e suas características exterior são de uma grande beleza ou de uma feiúra inacreditável. Devemos também notar que ambos os Æsir e os Vanir podem dormir com os Jötnar para gerar filhos, sempre que esses últimos não sejam monstros. De fato, algumas divindades como *Skaði* e *Gerðr* são categorizadas como Jötnar, e algumas divindades, até as bem conhecidas como Odin, provêm deles.

Falando nos gigantes, aqui também conhecemos duas classes gerais: os *Hrímpursar*, os "gigantes de gelo" ou " de geada", e os *Múspellsmegir* ou "gigantes de fogo", também chamados de "Filhos de Muspell". Os gigantes nós vêm presentados como criaturas ligadas aos elementos e mesmo por isso não devem ser confundidas com os trolls. De fato os primeiros tendem a viver em clãs e a ser ativos na mitologia nórdica, especialmente na interação com deuses e mortais, ao contrário os segundos preferem viver num jeito mais isolado, evitando de ser envolvidos em assuntos celestiais, terrenos ou de qualquer outro tipo.

Outros seres sobrenaturais consideráveis na mitologia nórdica são *Fenrir*, o lobo, e *Miðgarðsormr* a serpente gigante que enlaça o mundo de Midgard: ambos filhos que o deus do engano Loki tive com uma gigante; *Huginn* e *Muninn*, respetivamente "pensamento" e "memória", os dois corvos que informam Odin de todo o que acontece nos Nove Mundos; *Sleipnir*, o cavalo de oito patas de Odin, também filho de Loki (a arte do engano fiz dele um verdadeiro Don Juan).

Ratatosk, ao invés, é o esquilo que corre sem pausa para cima e para baixo ao longo do tronco de Yggdrasill, a árvore do mundo, para entregar ao dragão *Níðhöggr* (*Nidhogg* na versão inglesa, "Aquele que golpeia com ódio") os insultos que a águia sem nome envia a ele da cima da Árvore do Mundo:

> Ha muito a dizer. Uma águia sábia em muitos assuntos mora na cima do freixo. Entre os seus olhos está acocorado o falcão de nome Vedrfolnir [...] O esquilo chamado Ratatosk corre para cima e para baixo pelo freixo. Relata insultos e calúnias, provocando a águia e o Nidhogg.

Do livro de prosa eddica *Gylfaginning*

E, na edda poética *Grímnismál*:

> Ratatosk é o esquilo que corre
> ao longo do freixo Yggdrasill;
> da cima coleta as palavras da águia
> para relata-las ao Niddhog em baixo.

Além disso devemos mencionar a possível presença, na cima de Yggdrasil, de uma outra criatura: o galo dourado *Víðópnir*. Segundo o *Fjölsvinnsmál*, o segundo dos dois poemas em nórdico antigo comumente publicado sob o título *Svipdagsmál* ("O Lai de *Svipdagr*"), Víðópnir seria um galo que habita a parte superior do *Mímameiðr*, o qual, como considerado pelos pesquisadores seja só um outro nome do Yggdrasil. Segundo o mito, Víðópnir será aquele que anunciará o começo do *Ragnarok*. Apesar disso, o habitante mais conhecido de Yggdrasil é o dragão Niddhog, um monstro horrível com escadas alternadas aos restos dos desventurado guerreiros que ousaram desafia-lo. O hobby preferido do dragão é roer, sem pausa e sem fim, as raízes da Árvore do Mundo até causar sua catastrófica caída. Como for descrito no poema Grímnismál:

> Aí Nidhogg suga
> a sangue dos mortos
> e o lobo excrucia o homem:
> queres saber mais?

O desgraçado freixo deve, além disso, suportar a fome insaciável de quatro cervos: *Dáinn, Dvalinn, Duneyrr* e *Duraþrór*, que mastigam sem descanso seus ramos.

Mas, por um momento, deixamos *Yggdrasil* e seus habitantes de lado examinando a mitologia nórdica em geral.

Assim como por outras religiões politeístas, a mitologia nórdica não conhece uma forte contraposição entre o bem e o mal, a qual é típica das tradições monoteístas. Loki, por exemplo, o príncipe e princípio do desordem, assiste com sua astúcia em muitas ocasiões os deuses, e em muitas outras os insulta e os causa desgraças. Os gigantes também não são fundamentalmente malvados, mas são rudes, vaidosos e incivilizados. O contraste aqui é entre os princípios de Ordem e Caos, em luta constante um contra o outro, e o caprichoso equilíbrio do cosmo que oscila de um ou do outro lado da balança.

Dessa perspectiva, o famigerado Ragnarök (o "Destino dos Deuses") parece quase um último toque do Caos que, com sua potência, arrebenta todos os Nove Mundos terminando o universo como for concebido pelos nórdicos. As fontes que descrevem o Ragnarök, assim como uma boa parte das informações que chegaram até nós, são fragmentárias, confusas, contraditórias, cheias de referências cifradas e frequentemente incompreensíveis em sua críptica obscuridade. Segundo as fontes, Ragnarök será precedido pelo *Fimbulvetr*, um inverno terrível de três anos; talvez uma lembrança da era glacial, considerando que os viquinges e as tribos germânicas do norte da Europa deviam viver num clima inóspita pela maioria do tempo? E assim como o Dilúvio Universal, um mito que já for contado em muitas tradições religiosas, o Fimbulvetr também poderia ter sua origem de um cataclismo de origem natural. Qual que seja a origem do mito, seguido a esse o longo inverno todas as relações sociais e familiares desfarão num vórtex de violência imparável: irmão contra irmão, pai contra filho, todos lutarão uns contra os outros para abocanhar por primeiro a pouca comida que ainda sobra naquele mundo moribundo.

Então o sol e a lua irão desaparecer: *Sköll* e *Hati*, os dois lobos que desde o princípio tinham perseguido os dois corpos celestes irão finalmente alcança-los e devora-los privando o mundo da luz. As estrelas também apagarão como velas no vento. No profundo reino que ele habita, o dragão Niddhog cortará a última raíz da Árvore do Mundo, fazendo Yggdrasil tremer até uma ruinosa caída, partindo as fronteiras que tinham os Nove Mundos separados, causando terremotos, inundações e catástrofes naturais de proporções gigantescas.

Nesse momento as criaturas do caos irão assaltar: Fenrir o lobo será soltado das suas cadeias, e Miðgarðsormr, a colossal serpente de mar, assomará das profundezas das águas. A nave infernal *Naglfar*, conduzida pelo gigante *Hrymr*, içará suas velas estraçalhadas para trazer os campeões do caos até a batalha.

Também os misteriosos *Múspellmegir*, os Gigantes de Fogo, não ficarão olhando sem fazer nada e assaltarão furiosos o *Bifröst*, o "Ponte do Arco-íris" entre *Midgard* e *Asgard* - o Olimpo dos *Asi*, os Deuses nórdicos: esse era um lugar feito de salões, muitos e tão grandes que poderiam constituir fortalezas fortificadas - fazendo com que desmorone. Então *Heimdallr*, o branco Deus guarda de Bifröst, tocará sua trompa, o *Gjallarhorn*, para chamar os deuses e os guerreiros do Valhala para a batalha final entre Ordem e Caos.

Na grande batalha final cada divindade irá enfrentar sua própria nêmesis e cada dupla se destruirá reciprocamente. O lobo Fenrir devorará Odin, o qual será vingado pelo seu próprio filho *Víðarr*.

[…]
aí o filho proclama em sela ao seu corcel
o desejo de vingar o seu pai."

Grímnismál, décima sétima estrofe

Na mitologia nórdica, essa divindade não é muito conhecida e é chamada de "deus silencioso": ele é possivelmente forte como o deus Thor, o Hércules viquingo, e os deuses confiam nele em momentos difíceis.

Falando no Thor, o favorito da *pop culture* como temos visto em filmes ou histórias em quadrinhos, enfrentará a serpente Miðgarðsormr até que ambos morram. O mesmo destino espera Heimdallr e Loki, e assim *Týr* e o cão infernal *Garmr* (ou seja a versão nórdica de *Cerberus* greco-romano, *Hellbound* no folclore inglês, *Dip* em Catalunha, etc.: nos antigos mitos o melhor amigo do homem se torna frequentemente o seu pior inimigo.)

Enfim, o poderoso *Surtr* ("preto" ou "o bronzeado") partirá com um corte *Freyr*, deus da sagrada grandiosidade, da virilidade e da prosperidade, colocando fogo no mundo inteiro com sua espada flamejante. O *Armageddon* nórdico, então, começa com o gelo, o Fimbulvetr de três anos, mas termina com o fogo.

Das suas cinzas, como um Fênix árabe, o mundo renasce. Os filhos de Odin, *Víðarr* e *Vali,* e os filhos de Thor, *Móði* e *Magni*, herdarão os poderes dos pais. *Baldr,* o deus da esperança e *Höðr* seu irmão voltarão do *Hel*, o reino da morte. Eles acharão, nas gramas dos novos pratos, as peças de xadrez com as quais os deuses costumavam jogar (essa é provavelmente uma revisitação medieval do mito original).

E nós seres humanos?

A raça humana será regenerada por um novo casal originário, os "Adão e Eva" loiros, chamados *Líf* e *Lífþrasir,* que sobreviveram o Ragnarök escondendo-se na floresta de *Hoddmímir.* A renascença do mundo, apesar disso, é assombrada pelo voo, alto nos céus, do dragão Niddhog (só veja quem chega de novo).

O que nós mais surpreende da mitologia nórdica é mesmo esse "destino dos deuses", que nós fascina pela sua inevitabilidade e pelo coragem dos seus protagonistas até antes do fim. O mesmo princípio que, junto a abundantes banquetes a base de hidromel e cerveja, conduziu os ferozes *berserker* até a morte em batalha num passado não longe demais, um bilhete só de ida até o desejado Valhala, o "Salão dos Caídos":

"Que tipo de sonho é," disse Óðinn,
"no qual pouco antes da alvorada
achei de ter preparado o Valhöll
pela chegada dos caídos?
eu acordei o *Einherjar,*
eu dei as valquírias ordens para levantar-se
e preparar os assentos,
arrumar os copos,
e trazer vinho
como se esperasse a chegada de um rei.
Aqui eu espero
os heróis do mundo,
alguns dos quais são grandes,
e alegre é meu coração."

Capítulo 8 do *Fagrskinna*

Bibliografia

Bellows, Henry A. *The Poetic Edda*, Princeton University Press, 1936.

Byock, Jesse. *The Prose Edda*, Penguin Classics, 2006, ISBN 0-14-044755-5.

Faulkes, Anthony. *Edda*, Everyman, 1995, ISBN 0-460-87616-3.

Finlay, Alison. *Fagrskinna, a Catalogue of the Kings of Norway: A Translation with Introduction and Notes*, Brill Publishers, 2004, ISBN 90-04-13172-8.

Hollander, M. Lee. *Heimskringla: History of the Kings of Norway*, University of Texas Press, 2007, ISBN 978-0-292-73061-8.

Larrington, Carolyne. *The Poetic Edda*, Oxford World's Classics, 1999, ISBN 0-19-283946-2.

Orchard, Andy. *Dictionary of Norse Myth and Legend*, Cassell, 1997, ISBN 0-304-34520-2.

Orel, Vladimir. *A Handbook of Germanic Etymology*, Brill, 2003, ISBN 9004128751.

Simek, Rudolf. *Dictionary of Northern Mythology*, trad. a cura di Angela Hall, D.S. Brewer, 2007, ISBN 0-85991-513-1.

Viktor Rydberg. *Gods and Goddesses of the Northland*, The Norrœna Society, 1886.

Watkins, Calvert. *The American Heritage Dictionary of Indo-European Roots*, Houghton Mifflin Company, 2000, IBSN 0-395-98610-9.

GESTUMBLINDI falou:

"Quem é o alto que flutua sobre a Terra
 e engole tanto a água quanto a madeira?
 Ele teme o vento, mas é mais leve do ar
 e sempre tenta ferir o Sol.
 Agora resolva essa charada, Heithrek."

HEITHREK respondeu:

"Essa é uma boa charada, Gestumblindi,
 e já é resolvida.
 A resposta é a névoa. O Sol não pode ser visto por causa
 dela, mas desaparece se o vento soprar, e o homem não
 pode nada contra ela. Ela mata a luz do Sol."

Do livro 'The Riddles of King Heithrek', *Heithreksgátur*

A Memória de Odin

Assim foi escrito no poema eddico *Grímnismál*, no XX canto:

«Huginn ok Muninn
fliúga hverian dag
iörmungrund yfir;
óumk ek of Hugin
at hann aptr ne komit,
þó siámk meirr um
Munin.»

«Huginn e Muninn
voam cada dia altos
pela terra.
Eu tenho medo pelo Huginn,
caso ele não voltasse;
mas ainda mais temo
pelo Muninn»

Ao amanhecer de uma gelada madrugada na terra de Midgard as montanhas, as florestas, tudo estava coberto de névoa e neve, como fosse um sonho polar do qual não podemos acordar. Nada podia ser distinguido, nem no céu e nem na terra, fosse ele homem ou besta. Alto no céu, entre as nuvens escuras e sobre os picos das montanhas, só um corvo voava. Suas pequenas asas estavam rígidas pelo frio, suas plumas eram úmidas e seu bico estava congelado, apesar de tudo isso ele seguia voando, com a cabeça baixa contra o vento que uivava forte como fosse um lobo.

"Muninn," gritava ele mirando em cada buraco, "cadê você? Muninn!"

Então, ninguém respondia suas perguntas, e a sua voz estava lentamente perdendo-se no vento tempestuoso. Justo quando ele quase perdeu suas forças e pouco antes de ser engolido da tempestade como fosse uma folha capturada do vento, ele achou abrigo numa caverna. Era um lugar escuro, nada confortável, uma caverna gelada onde provavelmente ninguém já entrou. O corvo se acocorou como podia e tentou consertar o pouco calor corporal que ainda tinha. "Eu não posso fechar meus olhos, repetia-se ele de novo e de novo, ou vou permanecer nessa caverna por toda a eternidade."

Tranquilo e mortífero ao mesmo tempo estava preparando-se o cansaço, quê como um assassino serial teria atacado ele no momento no qual estava mais enfraquecido. Um sentimento de medo passou pela cabeça dele: e se o destino tivesse reservado ao Muninn o mesmo que eu estou passando agora? E se ele, vencido pelo cansaço e pela fome tivesse achado esse mesmo abrigo, só para descobrir que o sono eterno da morte estava esperando-o aqui? Ele expulsou esse pensamento e concluí que se fosse assim, ele teria sabido. Mas ele teria mesmo sabido? Desde quando Muninn desapareceu, seu dono não era mais o mesmo: ele parecia ainda mais velho de quanto antes e se sentia muito cansado, incrivelmente cansado – como uma montanha que simplesmente assiste ao fluxo do tempo e que está prestes a cair. Seu dono começou a esquecer coisas, algo que ele não podia, nem devia fazer. Talvez o Muninn já morreu, sozinho e sem esperança, numa caverna no meio da escuridão da montanha...

Enquanto o vento, fora, soprava violentamente e com esse pensamento assustador bem presente na cabeça dele, Huginn se fez pequeno e se deixou dominar pelas sombras geladas e pela escuridão.

***

Alguém caminhava graciosamente e silenciosamente como um leopardo das neves, acariciando o teto com sua crina branca e despenteada. O berreiro do vento que soprava fora cobria cada ruído, inclusive aquele dos grandes pés e dos passos pesados que faziam rebentar maliciosamente o chão gelado. Huginn não se deu conta de nada. De repente se sentiu esmagado por alguma coisa: uma pata gigante, fria, escabrosa.

"Pego!" Gritou o grandão levantando o corvo na sua mão como fosse uma taça.

"Oi! Me solte" grasnou o corvo.

Os olhos do gigante pareciam tonéis sem fundo: se tornaram ainda maiores, como fosse chocado. Ele estava prestes a engoli-lo; essa pequena mancha de tinta, um órfão caído por acaso nas mãos desse tecido cinzento.

"Você… você fala!" disse o gigante falando com sua voz gutural, que desaparecia, no entanto, na sua grisalha amplidão.

Embora estivesse com dores, Huginn refletiu rapidamente sobre como sair desta incrível, inconfortável situação.

"Naturalmente sei falar, Jötunn. Eu sou um bruxo morfogênico e tenho muita pouca paciência quando se trata de tolos que ousam se pôr na minha frente. Se você não me soltar imediatamente, vou atirar em você minha bala de fogo!" Por um instante parecia que a ameaça funcionou. Pouco depois, mas, um largo sorriso se esticou na cara do gigante com seus dentes brancos e afiados como estalactites, à vista.

"Ha, que passarinho simpático! Você entra sem convite na minha caverna e agora me ameaça que vai me queimar!"

Solte-me, se você quer viver! O corvo tentou de impor-se, mas sua voz grasnante estava sem força, também a causa de todos os esforços pelos quais ele passou – mostrando claramente seu medo.

"Não, eu não vou te soltar. Esse longo inverno já matou todos os bruxos e os passarinhos como você. Eu cansei de comer só gelo e pedras. Sabe o quê? Eu vou comê-lo!"

E sem nem dizer algo outro, se preparou a engoli-lo. No enquanto abria seu tremendo focinho, Huginn quase tive um infarto. Ele cerrou os olhos: achou esse ser seu fim. De repente, uma voz clara, mas sonora ressoou da escuridão:

"Pare, Gümrad!"

Huginn abriu lentamente seus olhos, aqueles mesmos olhos que ele pensava não iria mais abrir e viu uma mulher alta com um monte de músculos que vinha com certeza ao encontro deles, ela parecia poderosa mas ao mesmo tempo gentil. Ela era uma gýgr, um gigante. Enquanto caminhava, seu pesado casaco de pele de urso chocava contra suas ancas e seus cabelos brancos e suaves como a neve caída pouco antes, chicoteavam sua cara.

"Quê homem é você? Você queria comê-lo todo sozinho? Sem dizer-me nada?" Gritou ela pondo as mãos sobre suas ancas e com os pés bem baseados no chão. O gigante, talvez acostumado a estes repentinos ataques de raiva, revirou os olhos e suspirou forte.

"Gygr,! Você só sabe botar a boca no trombone, hein? Eu o achei e EU vou comê-lo!"

Mas a gigante nem pensava renunciar a sua merenda gostosa.

"Eu também tô cansada de comer só gelo e pedras! Nem um animal, nem um homenzinho pra comer… Ouça bem: se você comer esse corvo a digestão irá privar você do pouco cérebro que ainda sobra, e ele já é muito pequeno. O que vai fazer depois?" E depois seguiu carinhosamente, como uma tempestade que se acalma de repente:

"Não seja egoísta, Gümrad, filho do Wümrad, se nós não ajudamo-nos reciprocamente, não iremos sobreviver ao longo inverno."

Mas Gümrad, filho do Wümrad, já havia decidido e iria ater-se a sua decisão como uma criança:

"Eu já falei que não! Eu o achei e EU vou comê-lo!"

Depois abriu de novo seu terrível focinho sem nem dar-se conta do irado olhar da Gýgr: ele já podia sentir o sabor dessa inesperada merenda. Mas, conduzida pela fome, a gigante não seguiu assistindo e pulando o tomou de assalto, igual a uma avalanche, arremessando-o no chão

"Minhas irmãs me falaram para não me casar com você!" Gritou ela mesmo na cara dele tentando, ao mesmo tempo, de segurar a desejada comida.

Gümrad, o qual não era muito inteligente, precisou de alguns segundos para dar-se conta do que acabou agora mesmo de acontecer. Na cabeça dele, a qual normalmente era calma e escura como o cosmo no começo da existência, algo começou a cintilar desencadeando uma reação em cadeia igual ao legendário Big-bang; o gigante gritou tão violentamente e forte que as paredes da caverna começaram a tremer até que alguns estalactites ancestrais deixaram a prensa caindo no chão, onde eles se estilhaçaram completamente.

Um segundo depois aí estavam homem e mulher emperrados um ao outro, golpeando-se até com golpes baixos em busca da morte do outro. A mulher contrastava a força brutal do homem com sua surpreendente agilidade. Mais que uma briga conjugal, parecia uma brutal e sangrenta rixa...

Socos e chutes se seguiam sem piedade caindo como granizo com a única intenção de vencer o inimigo. De repente eles perdiam ambos sua balança e pouco antes que caíssem no chão Huginn teve a chance de liberar-se da prensa do gigante e voou fora da caverna. Embora estivesse quase acabado tive a força de vontade de olhar para trás: os gigantes que agora estavam tão longe dele tinham completamente esquecido o corvo, mas ainda combatiam.

"Isso foi perto!" Foi o que o Huginn pensou ficando contente por sua sorte e pelos gigantes serem de sangue quente. Mas ele se alegrou cedo demais: enquanto ele estava na caverna a tempestade ficou muito pior. A neve, capturada num vórtex terrível virou num Maelstrom[1], no exato meio do céu. Ele seguiu buscando um abrigo, mas não deu nada; a neve caía tão densa que o corvo não podia ver nada além do seu bico. Ele lutou enquanto tinha a força, enquanto ainda tinha uma gota de sangue quente escorrendo nas suas veias, enquanto ele ainda tinha uma pluma seca. Então

---

[1] O Maelstrom parece um turbilhão, é causado pela marulhada da costa atlântica da Noruega, em proximidade das ihlas de Lofoten.

foi engolido pelo Maelstrom e o esquecimento cobriu o mundo inteiro.

***

Nesse ano ele não tinha cheirado nem o frescor da erva, nem o cheiro das flores. Ele sentia também um certo calor que aquecia seus ossos encharcados. Ele faleceu?

"Lif, depressa, venha aqui! Ele acordou!"

A visão pareceu ainda mais divina agora que, abrindo os olhos, viu uma garotinha muita linda. A garotinha o observou e seu olhar era cheio de alegria, enquadrado dos seus cabelos de cor loiro avermelhado e ornado de um sorriso extraordinário. Um garoto, talvez um pouco mais velho dela, se apertou. Sua face parecia àquele de um homem nobre, com um grande coração, aquele de um príncipe. Ele se dobrou em direção da gaiola de madeira e olhou atentamente o corvo. Depois concedeu um sorriso.

"Ele se sentirá logo melhor. Você fez um bom trabalho, Lifthrasir. Só o deixe descansar um pouco antes de liberá-lo. Ele ainda é muito fraco." A menina disse que sim com a cabeça. E depois, tão tímida como uma criança que rouba uma guloseima, enfiou os dedos na gaiola e acariciou Huginn com carinho. Comparado ao esmagamento do gigante, a carícia delicada daqueles dedos pequenos sentiu-se como a carícia de um anjo. Huginn olhou-se ao seu redor: ele poderia jurar que estivesse num grande pinhal. Antes nem se seria surpreendido ao ver uma paisagem tão familiar se não fosse que esse era o terceiro ano do Fimbulvetr, o longo inverno sem primavera que cobriu o inteiro mundo de Midgard sob um estrato gelado e cruel de neve. Neste lugar, ao contrário, tudo estava verde e prestes a florescer. Além da densa vegetação chovia uma teia de raios solares. O segredo maior era como esses jovens pudessem estar aí, tão lindos e sadios. Eles vestiram roupas simples sem ornamentos, embora raiassem uma aura de nobreza. Huginn tentou lembrar o que aconteceu, mas sua última lembrança antes da perda de memória era a caída no vazio por causa do cansaço. Depois dele acordar, as curas carinhosas dos jovens e tudo isso numa floresta verde, tão verde como o verão melhor de todas as eras da existência de Midgard. Quantos dias passaram? Seu dono estava seguramente preocupado com ele. Talvez agora mesmo estava olhando pelo horizonte pensando com sofrimento: "… então o Huginn também me abandonou." O corvo refletiu rapidamente sobre o quê podia fazer. Ele podia esperar de ser liberado pelos jovens. No entanto um pouco de repouso não teria sido mesmo nada mal. Mesmo assim algo lhe falava que o tempo a sua disposição estava prestes a terminar e que seria melhor apressar-se.

Agora mandar ameaçando com aquele "agora me libere o vou projetar em vocês minha raiva" era demais: essa garotinha, delicada como uma flor, desmaiaria seguramente por causa do susto e ele teria desperdiçado ainda mais tempo precioso. Então ele tentou lembrar-se de qualquer feitiço que o ajudasse a abrir a gaiola mas sua memória estava péssima demais. Depois de ter pensado por alguns segundos ele decidiu-se para a melhor opção.

"Eu agradeço a misericordiosa Senhorita, por seu carinhoso cuidado."

Mas a reação da menina foi aquela que todos têm.

"AAAAH!" Gritou ela retirando a mão ao mesmo tempo. O jovem acorreu num segundo para ajudá-la.

"O que foi?

A menina segurava sua mão, como tivesse sido mordida por uma serpente

"N-não, Lif, não tem nada a ver com eles, mas sim com o… o corvo. O corvo falou comigo!"

"Que os deuses de Midgard nós ajudem! O quê?! Você me assustou mesmo, você sabe disso? Você deve estar mesmo cansada, porque não repousa?"

"Se assim fosse," se intrometeu o Huginn " recomendarei o mesmo a você, jovem."

Lif abriu seus olhos, correu em direção da menina para protegê-la com seu corpo e depois agrediu o corvo com coragem e disse: "Que mágica é essa? Você é um bruxo? Fale, agora!"

"Não tenham medo, jovens, eu não quero fazer nada mal a vocês. Eu só gostaria de ser liberado e continuar com minha viagem. Mas me diga antes: que lugar é isso, onde tudo é verde e o sol brilha?"

"Você – corvo falante está na floresta de Hoddmímir, como provavelmente já sabe!" O belo rosto do menino se fez sério e ele franziu a testa. "Eu não posso liberar você, não mais, já que você sabe onde estamos. Você poderia ser um DAQUELES…"

Huginn se deu conta, que era melhor não falar. Cada segundo era precioso. Em verdade, Muninn também costumava dizer-lhe que ele falava demais.

"O que você acha Lif? Você realmente acha que ele seja um dedo-duro?"

"Oi, eu nem sei do que vocês estão falando e nem quero saber. Eu cheguei aqui casualmente e tenho que ir para outro lugar. Deixe-me ir, eu rogo vocês!"

A menina olhou Huginn com carinho, mas o jovem parecia ter decidido.

"Lifthrasir, você ainda se lembra de como eles enganaram seu pai e os guerreiros da aldeia? Eles nos disseram ser vagabundos, e a gente acreditou neles. Na noite, quando todos na aldeia estavam dormindo, nos agradeceram com fogueiras e aço!"

"Você tem razão, Lif…"

A menina baixou seus olhos verde-azulados, talvez para escapar da visão das flamas ardentes. No seu coração ela não podia acreditar que um animalzinho desprotegido, pudesse esconder o propósito de enganá-los e traí-los, então mais que no seu sofrimento concluiu confiar na integridade do Lif. A coisa acabava mal pelo Huginn:

cada segundo era precioso. Se seus salvadores, que agora eram as suas sentinelas, não o tivessem liberado, a chance já reduzida que ele tinha de achar o Muninn tivesse ido embora.

Huginn estava prestes a falar quando todo o mundo ouviu o som grave e ameaçador da trombeta. Ao infeliz apelo seguiu uma calma esquisita. Parecia que as criaturas da floresta, talvez prevendo o desastre, fossem desaparecidas.

"Eles estão aqui! Eles chegaram!" Murmurou o jovem. Pois ficou calado. O som do medo vinha da profunda escuridão da floresta.

Do jeito no qual eles uivavam, Huginn poderia jurar que se tratasse de lobos. Mas nenhum lobo em toda Midgard era capaz de uivar no idioma humano. O corvo entendeu que as criaturas que se apertavam não eram homens. Mas ele também não podia dizer com precisão de qual raça se tratasse. Lif se recompunha, agarrou um pau e se preparou com coragem para o pior.

"Seus malditos Berserker! Eles irão pagar caro pela destruição de Lerwik!"

Mas enquanto falavam, suas mãos tremeram como folhas em outono. Suas mãos tinham visto poucos invernos demais.

"Nós deixe tentar fugir até as montanhas!" Propunha Lifthrasir enquanto puxava a manga dele.

"Não vai dar. Eles são velozes demais e percebem cheiros melhor dos animais. Todo o que podemos fazer, é resistir com honra e falecer."

A menina não respondeu, mas deixou a calma falar ao lugar dela. Naqueles olhos que lembravam á primavera, Huginn não viu medo: ele viu esse olhar assim tantas vezes à beira do mar tempestuoso. Com aqueles mesmos olhos encantados, as criadas seguiam o rei na última viagem: olhando para as chamas que abraçaram o corpo do Drakkar[2] e aquele do rei, junto a todo que pertencia ele, incluindo suas jovens vidas. Esse olhar era cheio de aflição, esquecimento, resignação: era olhar de quem ainda respira, mas não vive mais.

Os Berserker[3], por metade homens e por metade bestas, estavam tão perto.

O corvo tinha muita pena das crianças, as quais vidas estavam prestes a ser cortadas por lâminas. Mas ele não podia fazer nada para salvá-los, hein? Ele se lembrava bem, apesar da sua má memória, de uma coisa, a advertência do seu dono:

"Não se interesse com os negócios dos mortais. Só olhem eles como se você, ao máximo, olhasse uma pedra. Você ajudaria uma pedra enquanto cai, Huginn?"

---

[2] O Drakkar era um tipo de embarcação utilizada pelos viquinges e pelos saxões na idade média, apesar disso vinham utilizadas também com finalidades militares e de investigação na Islândia e na Groenlândia.

[3] Guerreiros nórdicos ávidos de morte que eram tradicionalmente fiéis ao Odin. Antes da batalha entraram em um estado espiritual particularmente enfurecido, chamado de "berserkgangr" o qual os deixava ainda mais ávidos de morte e insensíveis à dir.

Por muitos anos Huginn respeitou essa ordem. Ele sabia que para trás dessas palavras se escondia uma sabedoria gigante. Se os mortais tivessem confiado suas fortunas e suas desgraças à vontade dos deuses, Midgard se tivesse tornado a sombra de Asgard: uma sombra que nem os deuses quanto os mortais queriam. Mas olhando pelas mãos trementes de Lif e pelos olhos de Lifthrasir que fitavam a terra com a qual estavam prestes a juntar-se, essa ordem que ele pensava ser sábia, achava agora cruel. Ele pensava profundamente nisso, quando o pesado casaco de pele de urso do primeiro Berserker, que cobria seus músculos, apareceu saltando da vegetação com seu machado incrustado de sangue nas mãos. O guerreiro olhou para os dois, depois arreganhou os dentes amarelos e gritou algo lúgubre: era o grito de um louco, um demônio sedento de sangue com um machado nas mãos. Enquanto pulava a figura do Berserker parecia meio mística, como a descida de um poderoso Deus do massacre. Em segundos, seu machado teria golpeado as crianças esmagando-as. Diante de tanto horror, Lif cerrou os olhos. Não podia aguentar mais.

"Pareeeeeeee!" O corvo gritou de repente com tudo o que ele tinha nos pulmões. Quando notou que os meninos não foram atingidos pelo golpe, o jovem abriu os olhos e aquela visão o deixou espantado: a 1 metro dele o Berserker ficava de pé com uma expressão animal. Estava prestes a completar sua erupção de raiva assassina, mas ficava simplesmente de pé, por alguma obscura razão, sem mexer-se e com olhar vazio. Um momento depois, baixou o seu machado. O guerreiro raivoso e ávido de morte de pouco antes se for embora para ser substituído por um perfeito idiota. Lif podia respirar novamente, pareceu ser – para ele – o momento melhor da sua vida.

"Agora dê uma meia volta"

Isso não deixava lugar para dúvidas. A ordem vinha mesmo daquele misterioso corvo falante. O quê estava prestes a acontecer?

O conforto de Lif foi subitamente substituído por novos medos: e se o corvo fosse realmente um bruxo malvado? A única coisa que ainda podia fazer era rezar os deuses de Asgard e esperar que o passarinho tivesse boas intenções. Uma outra ordem do corvo forçou o Berserker a afastar-se e a desaparecer na vegetação. Lif mal podia acreditar que essa fera for acalmada só com palavras que vinham só de um passarinho tão pequeno. Mal tinha o tempo de pensar nisso: da mata trovejou o som da batalha e pouco depois apareciam, como tivessem sido evocados, 4 Berserker com seus casacos de pele de urso, que ficaram mais escuro por causa da sangue seca. Eles agitavam suas mãos no ar e suas armas eram tão gigantes que podiam abater uma árvore com um golpe só. Os dois foram súbito cercados. Isso devia ao mesmo tempo divertir e estimular os quatro, já que começaram a insultá-los em um dialeto desconhecido. Para desmoralizar eles, os quatro lamberam sombriamente seus machados incrustados de sangue enquanto nas suas caras – que ficaram feias e cheias de cicatrizes a causa das incontáveis batalhas que combatiam – aqueles olhos malvados fitavam os dois. Lif e Lifthrasir ficavam de pé sem se mexer, chocados com aquela visão tremenda. De repente um deles, o maior e o mais bravo, pulou em direção dos jovens dirigindo sua espada contra eles. Mas o Berserker só pôde fazer um passo, já que um machado que vinha de atrás dele golpeou e trapassou inesperadamente seu crânio. Um mar de sangue jorrou do corpo danificado sujando as faces dos seus camaradas que estavam de ressaca. Eles se viraram em direção do guerreiro que atacou mortalmente: era o mesmo que o corvo tinha enfeitiçado pouco antes tinha se aproximado deles de mansinho. Os camaradas demoraram demais para reagir: a machada golpeou uma vez mais cortando o braço de um Berserker. O grito de dor ressoou pela floresta toda. Foi o começo do banho de sangue. Depois do espanto inicial, os Berserker se lançaram sobre seu camarada enfeitiçado, mas subitamente começaram – num ataque de fúria – a golpear-se cegamente reciprocamente sem fazer diferença de pertença ou de raça. Alguns instantes depois os guerreiros todos jaziam beijando o chão, mortos ou prestes a morrer. A clareira era um mar de sangue, onde até estilhaços de aço e pedacinhos de corpos podiam ser reconhecidos. Lif pediu a Lifthrasir para ir-se embora. Depois se ouviu só um estertor e a paz voltou a reinar sobre a Hodmimirwald. Lif seguiu a Lifthrasir, se encurvou para olhar melhor o corvo. Daí pediu:

"Como você fez isso?"

Huginn estava completamente cansado, mas alcançou a responder esforçando-se um pouco. Quando foi a última vez que ele dominou a mente de um homem? Ao mínimo foram duas centenas antes. Ele se descuidou, talvez demais, da arte da mágica, preferindo desenvolver suas habilidades de negociação e do engano. Ele esqueceu muitas fórmulas, mas dessa, talvez porque não tinha outra escolha, dessa se lembrou.

"Eu... dominei... sua mente. Agora me acreditam?"

"Claro que acreditamos! Hein, Lif?" A menina olhou eloquente e rapidamente o jovem.

"Você, corvo falante, pode talvez perdoar minha desconfiança?" Ele tentou de dissuadir o corvo. "São tempos difíceis e você certamente imagina que não é fácil simplesmente confiar em uma... criatura feita você"

"Eu perdoo você, jovem. Mas agora, o que vocês acham de deixar-me livre? Eu mesmo devo estender minhas asas e seguir viajando."

O menino hesitou por um momento, mas depois abriu a gaiola. O quê outro era capaz de fazer, isso esquisito corvo falante? Mas vendo que ele saltitava com suas patas trêmulas e agitava felizes suas asas se acalmou.

"Finalmente sou livre! Bom, começamos indo embora e achar outro abrigo. O que vocês acham de contar sua história enquanto eu descanso? Porque estão aqui e antes de tudo isso, onde é aqui?"

O caminho até o novo abrigo, situado à beira de um fresco ribeiro cheio de vida, ajudou talvez os meninos a esclarecer suas lembranças. Como imergiram as pernas na água, começaram a contar sem ser demandados.

"Aqueles Berserker que você venceu," disse Lif serrando os punhos "renegaram Odin jurando fidelidade a Loki. Vendo aquele exterior assustador deles, eu teria dito que fosse um cruzamento entre homens e gigantes. Esses monstros viajam pelo mundo, espalhados em pequenas bandas que destroem e queimam tudo que está na frente deles. Ouviu que Loki os prometeu o mundo de Midgard como prêmio em câmbio da ajuda deles, assim que o Ragnarok termine"

"Tolos! Loki nunca cumpre uma das suas promessas. Eles irão pagar caro por ter traído Odin" Huginn interrompeu ele, já que mesmo não podia mais ficar calado.

"Eu acho também" seguiu Lif. "Seus servidores são só malditos judas! Algum tempo atrás cinco deles chegaram à nossa aldeia. Foi muito estranho, já quê ninguém tinha chegado por meses desde que as notícias dos catástrofes chegaram."

"O pai do Lifthrasir, o líder da aldeia, convocou uma assembleia para decidir o que fazer com eles, já que isso costumava acontecer em situações dessas. Algum tipo de feitiço deve ter ofuscado seus judicio, então ninguém se preocupou com o aspecto hostil dos cincos. Eles achavam que deixá-los morrer de frio fora das portas da aldeia seria cruel. Mas bem, os deuses puniram nossa loucura. Nessa mesma noite, quando as últimas tochas se apagaram, os estrangeiros saíram de fininho do abrigo e abriram as portas, para que o resto da banda pudesse entrar... Quando for ateado fogo à primeira casinha, na aldeia todos acordaram: os homens, idosos ou jovens, agarraram suas espadas e seus varas e atacaram os inimigos. Só naquele momento os Berserker mostraram sua verdadeira natureza: monstros sem coração e ávidos de morte. Nós defenderam-nos até a última gota de sangue. Abateram muitos daqueles bastardos, mas eles eram demais. A batalha estava perdida desde o começo... Os malditos não pouparam nenhuma vida! Aquele era o fim do mundo, ao menos do mundo como nós o conheciam. Eu me mexi com muita dificuldade no meio do caos brilhante, pronto para sacrificar minha vida em batalha e alcançar meus antepassados no Valhala até que vi ela. Por primeiro, deslumbrado com o fumo e com a sangue, pensei que fosse uma Valquíria. Mas não, aquela era a Lifthrasir, a pequena Lifthrasir que virava para aqui e depois para aí no meio de um paisagem feito de morte e desmoronamento. Então decidi..." disse ele sorrindo para ela.

"Sim... Eu não me lembro muito do que aconteceu depois do ataque. Eu pensei que estivesse em um pesadelo, correndo entre fogo, aço e gritos que reinavam sobre tudo. Eu ainda me lembro de que Lif me xingou" então momento as bochechas da menina se tornaram vermelhas como a lava. "Você me disse: Se afaste daí, sua tola! Você mesmo disse assim, não fez, Lif? Depois eu senti as mãos dele, elas me agarraram forte e de repente acabei de sonhar. Eu me lembro de ainda uma outra coisa, os gritos das pessoas e as ruínas fumantes, e de nós que corremos longe daí até que não podemos mais…" Agora, lágrimas começaram a cair em multidão, impedindo-a de continuar. Não importa quanto tentasse, não podia esquecer a atrocidade dessa noite terrível e essa lembrança tinha perseguido ela até hoje, até a floresta de Hoddmímir, mas nem a bendita minúcia de Midgard, embora fosse carinhosa e delicada ao mesmo tempo, não podia fazer voltar o velho, magnífico sorriso a brilhar sobre o rosto dela. Talvez, pensou Huginn, que naquela noite Lif quase acertou o alvo em cheio, ele tinha mesmo visto uma Valquíria: uma parte da Lifthrasir deve ter seguido a morte em seu último viagem…

"Depois da fuga da aldeia" prosseguiu o jovem "viajamos por dias inteiros sem direção entre uma paisagem devastada e desolada. Viajamos por dias e noites. O medo dos Berserker estava sempre conosco, até quando estávamos escondidos num buraco para que pudéssemos dormir. Cada ruído nos fizera levantar de sobressalto. Naqueles dias comeram de tudo… até cadáveres. A caça não basta, como você já viu, eu também temo que todos os animais sejam mortos, por causa do gelo o dos monstros.

"Nós tivesse acontecido o mesmo triste destino. Talvez, pensava então, que morrer em Lerwik teria sido melhor, teria ao menos ganhado heroicamente o Valhala; meus antepassados talvez não tivessem me amaldiçoado a dever viajar pela eternidade nessas terras geladas. Fatigados e quase mortos pelo frio, tivemos quase perdido a esperança… então…”

De repente Lif esbugalhou os olhos e interrompeu sua narração.

“O quê? Então conte jovem.”

“Um corvo, Lif! Você se lembra?”

“Um corvo?”

A curiosidade de Huginn acrescentou subitamente.

“Sim”! Quando estávamos por perder a esperança, vi um corvo voar sobre nossas cabeças. Desde dias não tinham visto nenhuma outra criatura, depois decidimos seguir a direção na qual ele voava. Depois de ter caminhado por meio dia chegaram surpreendidos com sorte a essa vale florescente. Por alguma inimaginável razão essa floresta não for atingida pelo ímpeto do inverno, como você vê…

“Outras pessoas chegaram aqui antes de nós. Eles nos disseram de ter seguido também o voo do magnífico corvo. Um homem idoso, que conhecia a velha história, afirmou que nos situarmos no legendário Hoddmímirwald, a floresta sempre verde: então eu atribuí esse signo aos deuses e não pensaram mais no, nem preocuparam-nós do longo inverno que seguramente enfurecia fora da vale. Tudo ia bem por um tempo. Estávamos apenas começando a construir uma nova vida, quando ouvíamos, num triste dia, o obscuro ruído da trombeta ressoando na floresta. Eu e Lifthrasir reconheciam súbito o som horrível. O pesadelo ainda não se for: os Berserker descobriram Hodmimir... Em poucos dias esse lugar lindo e abençoado se tornou num campo de batalha. Mais uma vez deviam combater por nossas vidas, fizeram o nosso melhor e até infligiram muitas perdas ao inimigo. Apesar disso a batalha machucou ambas as partes. Provavelmente, os berserker que você massacrou foram os últimos da quadrilha mas ainda temo que eu e Lifthrasir sejam os últimos habitantes do Hoddmímirwald."

"O que você pode-me dizer sobre o corvo? Um de vocês ainda o viu?"

"O velho Arvid jurou de tê-lo visto voar para o oeste" disse o jovem, indicando o ponto onde a floresta cruzava a parede rochosa "mas então não deram muita importância nisso."

Agora que tinha uma direção, Huginn não podia mais hesitar. Cansado ou não, ele devia voar súbito em busca dele.

"Eu acho que o tempo de ir chegou..."

O jovem ainda queria pedir muitas coisas ao corvo, antes que ele voasse embora: a explicação de todos os secretos, do corvo falante e do bruxo. Mas Lifthrasir pediu o que mais importava:

"Pelo menos diga-nos o seu nome!"

Então os olhos de Huginn sorriram.

"Eu sou o Huginn. Vivam bem, meus amigos. Que os deuses se preocupem com vocês neste tempo de medo."

Então levantou vôo e flutuou sobre as árvores onde o sol penetrava as nuvens beijando o mundo com sua luz.

Mais alto além da vale, um oceano de nuvens escondia sua presença.

Huginn se deu conta: o desconhecido o estava esperando.

***

Dessa altura seu olhar afiado podia vaguear sobre a paisagem toda. Ele via a cadeia montanhosa de onde ele cai: ela estava conectada pela vale de uma corda rupestre. Ele então entendi que não cai muito já que as árvores alcançaram atenuar sua caída. Que vista esquisita, o mundo, em confronto a vale: a primeira paisagem árido e gelado, a segunda era uma terra transbordante de vida. Esses dois mundos, tão diferente, existiam ao mesmo tempo separados por poucas milhas. Separados só pelas montanhas que abraçavam o vale.

A parede rochosa ao este de Hodmimir era em verdade o pico mais alto das montanhas. Ao contrário do seu irmão mais novo, essa montanha não tinha um casaco de árvores, mas era bastante cinzenta e erma. Huginn começou sua aclaração. Ele esperava, claramente, de achar seu amigo aí, acocorado sobre um promontório, mas sabia que não teria sido tão fácil, considerando as várias casualidades que aconteceram. Um pouco antes do pico havia um largo buraco, perfeitamente circular. Esse túnel não parecia de formação natural e o Huginn pensou que os anões tivessem criado ele numa antiga era de Midgard. A última experiência com um buraco avisou Huginn dos possíveis perigos que estavam ao interior de uma montanha. Então Muninn, com todas as árvores que ele tinha a disposição para descansar, tivesse preferido esse túnel escuro? Provavelmente não. Pois, seguiva mesmo o rasto dele ou o corvo, que os humanos vieram, for só um simples corvo? Huginn se alegrou pensando que nenhum outro animal sobreviveu esse tempo, nem tivesse tido, eventualmente, a força de voar contra um tempo tão hostil. O que conduziu o Muninn até a vale o conduziu também seguramente a virar naquele túnel.

Então, sem mais hesitar, Huginn se preparou e voou nele. A galeria era mais larga do que ele pensava. Era alta e ampla e as paredes, circulares como a entrada, perfeitamente lisas. Se podia pensar que um verme gigante tivesse perfurado a montanha. O caminho ia para frente e de repente, para baixo. Huginn desejou de ser um morcego: mas ele tinha esquecido essa fórmula de transfiguração, como todo o seu escuro repertório… Poxa! Mas ele também não podia simplesmente voar na escuridão: à primeira curva teria batido o bico na parede ou algo pior. Ele se esforçou para lembrar algo que o pudesse ajudar e finalmente, no profundo da sua memória o achou. Ele grasnou alguma fórmula e seu corpo foi coberto de uma luz argêntea cegante. Mas a luz tinha a desvantagem de fazê-lo passar de alvo nesse mar de tinta; apesar disso esse feitiço estava consumindo ainda mais suas reservas de energia, isso o cansava muito e uma possível fuga teria sido sempre mais exigente. A galeria se enrolava, como uma serpente agachada em si mesmo, tornando-se sempre mais escarpada e alcantilada e também a temperatura, por qualquer esquisita razão, baixou. Enquanto descia a luz na órbita dele mostrou veias de ouro, tão brilhante que homens, anões e gigantes tivessem combatido muitas e muitas guerras para obtê-lo. Manter a mágica o cansava sempre mais, mas as rochas não ofereciam nenhum ponto onde ele pudesse acocorar-se e descansar. Se tivesse desistido, seria caído até o mesmo coração do mundo. A galeria conduziu finalmente até uma gigante caverna gelada, da qual não se podia ver o fim.

A caverna brilhava de uma luz azulada, mas fosca e a atmosfera era tão horripilante mesmo porque não se podia entender de onde viesse a luz.

Ele afiou seu olhar e distinguiu, cerca do meio da caverna o tronco de uma árvore. A árvore era tão gigante que tinha crescido além do teto através da pedra até a desconhecida cima. Então ele tinha algo similar a uma iluminação: que tolo que for a não lembrar-se antes disso! O Hodmimirwald era a cima da árvore dos mundos, Yggdrasill. Uma vez seu dono lhe contou que ficou por dias pendurado aos ramos da árvore tentando de descobrir as runas secretas… Mas agora a qual mundo pertenciam essas raízes? Hel, Niflheimr ou Muspellheimr?

A resposta que Huginn desejava ressoou rugindo tão forte, que os fundamentos dos mundos tremeram. Agora ele se deu conta: no ponto mais inferior da árvore, agachado como uma serpente estava um dragão, que tinha aspecto e dimensões incomparáveis.

"E esse…" refletiu Huginn "deve ser o legendário Níðhöggr, o dragão que sempre esteve roendo as raízes de Yggdrasill."

«EU VI VOCÊ! SEU BABACA! VOCÊ NÃO PODE ESCONDER-SE!"

Em um momento Huginn se sentiu estonteado por um ar ruim: em milhares de anos de vida ele nunca se sentiu tão pequeno e insignificante.

"E-eu" tentou ele de explicar, mas seu grasnar desaparecia no vazio. Apesar disso, depois de tê-lo avisado, o dragão se desinteressou completamente nele, e começou novamente a roer as raízes. Aquela plantada em Niflheimr estava prestes a quebrar. Depois de uma eternidade na qual ele se mantinha ocupado intensivamente e com ódio com essa atividade, à paciência dele teria sido recompensada com a devastante caída da árvore. Huginn se assegurou que a besta não tinha interesse nele, se recompôs e desceu sobre o ramo que estava o mais longe do dragão. Depois de um tempo ouviu o ruído de passos graciosos virem depressa ao encontro dele. Ele olhou para alto e viu um grande esquilo com pelo fofo correr em sua direção.

"Deixe-me passar, seu corvo!"

Huginn quase foi atropelado pelo esquilo.

"Oi, espere! Eu tenho algo a pedir-lhe!"

Ouvindo o corvo, o esquilo parou sua descida bruscamente. Ele estava correndo tão veloz que ele quase levantava vôo.

"O quê?! Você grasna, não fala! Em verdade eu também sei falar e você pode estar certo, que eu também sei cantar magnificamente. Não é que gostaria de ouvir uma canção?"

"Hmmm, depois certamente, meu amigo. Agora eu queria pedir-lhe se você tiver visto um amigo do meu."

"Um amigo? Ouça, os únicos viventes aqui são eu o velho Nidhoggr e essa maldita raiz que não querem mesmo quebrar. E então eu, o pobre Ratatosk, devo correr para cima e por abaixo não uma vez, não dez vezes mas cem mil milhões de vezes para relatar os insultos do dragão à águia e ao contrário. Dito isso os dois não tem – em minha opinião – nem um pouco da fantasia, o velho Nidhoggr de qualquer maneira não.

E agora, meu corvo falante, se você não quer cantar, ♫eu me despeço de você!♫"

A memória do Huginn estava voltando lentamente já que estava lembrando-se do Ratatosk, ele era o mensageiro de insultos entre Nidhoggr e Vedolfnir[4]. A águia morava desde sempre na cima de Yggdrasill, e não gostava nem um pouco, que alguém roesse as raízes da casa dele. O corvo compreendeu que ele não tinha outra escolha para detê-lo. Ele não queria nesse jeito, mas devia, devido às circunstâncias:

---

[4] A águia Vedolfnir, uma variante do nórdico Víðópnir.

"♫Entãoooo/você mesmo não vai nenhum outro/ corrrvoooo?♫" Grasnou ele tentando de cantar alguma coisa.

"♫ Ah um cooorrvooo? Porque você nãããõooo disse súúúbitoo? Aqui nenhum corvo está mas você aí um corvo achará! Aí mesmo, sob a asa do dragão numa caixa torácica preso: um heroizinho foi aqui e for comido pelo começo. Agora devo continuar, tenho mensagens a entregar♫!"

"Espere ainda um tempoooo! Se você me ajudaaaa a ele liberaaaar/ pode, em trocaaaa, de todo solicitar! ♫"

"O quê??? De todo? Me deixe pensar bem, meu corvino amigo. Me sugira um insulto para fazer virar louco aquele Nidhoggr. Desde centenas ele e o ave só repetem as mesmas coisas, que seja demência?"

O corvo entendeu bem, que se quisera resgatar o Muninn, tinha que jogar ao mesmo jogo daquele esquilo maluco. Ele refletiu e refletiu, mas não achou nada. Então, como um trovão, o insulto que ouviu da gigantõa ressoou. Sim, sua memória ficava mesmo sempre melhor… Muninn devia estar perto. Quando ouviu aquela ofensa, a face do esquilo brilhou celeste.

"OI! Isso vá ser divertido! Só veja!"

"Você vai cumprir sua promessa?"

"Eu vou fazer ainda melhor, você pode estar certo… Assista e aprenda!"

Ratatosk chispou, mas Huginn ainda não se deu conta de como o esquilinho ousasse chegar perto do Nidhoggr. Já ver ele era apavorante, pense só insultar ele! Mas pelo Ratatosk devia ser a coisa mais fácil e divertida do mundo, então Huginn achou abrigo numa fissura do tronco esperando de não virar cinzas a causa de uma nuvem de fogo…

Quando Nidhoggr viu chegar o esquilo, parou súbito de roer as raízes. Sua pupila de réptil se tornou estreita como uma agulha. O esquilo não se deixou assustar, ele até sorriu. Esse sorriso provocativo teria sido pago com a vida, mas não pelo Ratatosk.

"VOCÊ DEMOROU BEM, RATATOSK!" disse o dragão.

Sem nem honra-lo de uma resposta, o esquilinho pulou em cima a cabeça escamosa dele, para que chegasse melhor a sua orelha de abano..

"Com o avançar da idade você se torna sempre mais impaciente, como uma criança, seu velho serpentão. Me diga, desde quando não me dou o luxo de tirar férias? Um milhar de anos ao menos! E o quê ganhei disso? Duas nozes! Vedolfnir, ao contrário, é um mano legal, ele sempre tá bem e canta a cada alvorada…"

O dragão bufou uma nuvem sulfurosa para esclarecer que ele estava falando demais.

"APENAS VOU TERMINAR COM ISSO, VOU COZINHAR ELE BEM, ANTES DE COMÊ-LO!"

Depois, lambeu seus grandes dentes afiados como lâminas com sua língua longa e bifurcada.

"AGORA RATATOSK, ME CONTE O QUE O AVE FALOU?"

Ele fez essa pergunta, a mesma que ficou fazendo desde uma eternidade, esperando ávido a resposta do esquilo.

Ratatosk respirou profundamente. Ele sabia mesmo que a reação do velhão teria sido impetuosa demais essa vez.

"Então sobre sua ameaça de cozinhá-lo bem, antes de comê-lo – que no enquanto ficou a mesma por 61 anos – o alto Vedolfnir tem a dizer:"… Que se você priva seu já pequeno cérebro de ainda mais sangue – para digerir o corpo principesco dele – você vai se tornar ainda mais idiota!" Ratatosk aproveitou para dar uns passos para trás "e também disse que ninguém se daria conta disso, porque sua astúcia nunca deu nas vistas"

A reação não demorou nem um segundo: os olhos do dragão se encheram de chamas e o esquilo se segurou o melhor possível a cabeça escamosa dele para evitar de ser arremessado no ar.

"HRAAAURRR!"

O inteiro Niflheimr tremeu golpeado pelo terrível tumulto causado pelo corpo gigante do dragão. Sobre as asas ornadas com garras estavam os corpos dos guerreiros, como fossem troféus sinistros. Eles eram os mais valentes que Midgard tinha a oferecer: todos eles tentaram, no curso dos anos, a louca imprensa de abater Nidhoggr o dragão mas só acharam o fim das vidas deles. Apesar de ficar esquecidos dos homens, eles apodreceram entre as escamas, os dentes e as garras do antigo dragão. Huginn percebeu que tinha que aproveitar essa chance onde o dragão ficava distraído. Ele apostou sua incolumidade e se apertou o mais possível às escamas do gigantão para que pudesse observar cada fissura. Depois de alguns minutos reconheceu finalmente o preto, resplandecente bico do seu amigo entre as costelas do esqueleto. Muninn devia ter notado isso também, já que começou naquele mesmo momento a agitar timidamente suas asas; essa era a prova que ele ainda era vivo. Esquecendo o perigo, Huginn assaltou a caixa torácica com seu bico, agarrou com carinho uma asa dele e quebrou uma costela.

"Se segure bem, meu amigo!"

Depois balançou as asas com tudo o que tinha e decolou com seu amigo nas garras. Para baixo o dragão descontava sua raiva gerando nuvens de fogo e névoas de veneno das narinas, sem se preocupar dos corvos, talvez nem se dessa conta.

Mas alguém não se tinha esquecido deles. Enquanto eles fugiam velozes como o vento, Huginn ouviu o seu nome: Ratatosk, o esquilo o chamava, ele tinha em qualquer maneira alcançado a escapar da orelha do dragão e segurar-se ao tronco da árvore.

"Ha ha ha! De morrer de rir, hein? Nidhoggr vá demorar um tempo por achar algo parelho. E isso, meu querido amigo, vá atrasar de alguns dias a caída de Yggdrasill e o fim do mundo. ♫ Adeeeuuus! ♫"

***

No meio da viagem de volta, Muninn contou a Huginn todas suas desgraças. Ele também lhe contou todo, da ordem do dono de voar para Niflheimr para esclarecer as condições na quais estava Yggdrasill. A caída de Yggdrasill era, de fato, um dos sinais da chegada do Ragnarök.

"Como pode ser que você não se lembrou do Hodmimirwald, o pico da árvore do mundo?" Essa era mais uma pergunta retórica, aquele abençoado com uma boa memória sempre tinha sido o Muninn. Na proximidade da floresta de Hoddmímir, mesmo onde era situada a passagem para Niflheimr, Muninn notou fileiras de refugiados caminhar pelo deserto. Muninn se apiedou da desgraça deles e decidiu quase como Huginn fiz quando salvou Lif e Lifthrasir dos Berserker: de fato Muninn voou para trás para mostrar o caminho por Hoddmímir, embora fosse contra a vontade do dono.

"Mas você não deveria ter ajudado nenhum dos servidores de Loki a achar Hoddmímir."

"Você tá errado, Huginn, eu não conduziu eles para lá. Eles devem ter achado o caminho num outro jeito. Talvez tenham seguido as pistas deles farejando-os ou Loki os conduziu aí."

Depois de ter ajudado os desgraçados tinha entrado na passagem por Niflheimr. Ouvindo isso, Huginn, zangado pela superficialidade do Muninn, lhe pediu se talvez tivesse tido medo do dragão.

"Quando o vi, fiquei naturalmente muito impressionado. Mas conservava no meu coração as histórias dos muitos mortais que ousaram desafiar Nidhoggr e por isso, para ser ao mesmo nível deles, voei em direção do dragão para pedir-lhe, de quanto tempo ainda precisasse para abater a árvore do mundo. Em resposta tentou me esmagar com sua asa, mas como você já sabe, tinha muita sorte a aterrar sob o esqueleto de alguém não tão sortudo como eu…"

Muninn tinha uma boa memória, mas nem um pouco de bom senso. Apesar disso Huginn ficou feliz de poder voar de novo junto com ele e voltar pra casinha.

Casa… lá estava ela depois do longo viagem cansativo. Eles voaram até as clar-azules profundidades do céu, longe, sobre as nuvens que cobriam o mundo de Midgard antes de reconhecer a casa do dono deles, o palácio do Valhala.

Se podia entrar no palácio por 540 portas. As paredes eram feitas de lanças e de escudos dourados que reproduziram as muitas cenas de batalhas que já foram. Normalmente o palácio ficava cheio de milhares de guerreiros que treinavam a arte da guerra ou se entretinham com banquetes: sempre cheio de música, lindíssimas Valquírias e naturalmente cerveja e hidromel sem fim. Por isso era estranho achar o palácio tão vazio. Todos os guerreiros deviam ter-se posto em marcha até alguma operação secreta, que se tratava do Ragnarök: a última de todas as guerras e que teria estabelecido o fim da criação inteira. Os corvos caminhavam pelos silentes corredores. Quando com medo entraram a sala dos banquetes – conhecidas por todos os nove mundos – Huginn e Muninn acharam seu dono, calado, sentado no trono. O velho Deus vestia seu fantástico arnês no qual parecia afundar sob seu peso. Sua arma lendária, a lança Gungnir, jazia esquecida no chão. Quando ele os viu, agitou fracamente sua barbuda cabeça, talvez incapaz de resolver se estivesse sonhando ou não.

"Alto Odin" grasnou o corvo "estamos de volta."

As palavras do corvo ressoavam na sala como toques de campanas que tocam uma melodia fúnebre. Talvez o tempo realmente chegou, já que um segundo depois o Deus levantou sua cabeça honrada.

"Huginn, Muninn… eu esperei muito por vocês… ou só me lembro de tê-lo feito. Por dias não pensei nem lembrei nada… mas agora, tudo está claro. Me diga, Muninn, quantos tempos ainda têm, antes da árvore cair?"

"Muito pouco, meu Senhor."

"Entendo. Então, venham para mim."

Os corvos pularam sobre os joelhos do Deus. Odin os acariciou carinhosamente, como um avô que afofa seus netos. Suas grandes, poderosas mãos, sabiam como levar qualquer arma, mas podiam também trabalhar nos campos e escrever poesias, quando queriam. Muito tempo atrás, quando os corvos ainda eram pintinhos, essas mesmas mãos ensinaram-lhes a arte da mágica, traçando símbolos místicos no ar. Por isso Huginn e Muninn amavam seu dono tão assim; ele era tão forte quanto abrangente era sua sabedoria e podia demonstrar piedade e misericórdia, se for preciso. De repente duas lágrimas caíam sobre as cabeças deles. Odin chorava; chorava como uma criança presa no corpo de um velho e essas lágrimas, que desciam com dificuldade através dos imaculados caracoles da barba branca como a neve dele, eram como estilhaços líquidos de um precioso diamante. "Altíssimo Odin, porque choras?" pediu-lhe Huginn, do qual coração doía incrivelmente ao ver seu dono sofrer.

"Porque" disse ele "eu devo abandonar vocês, meus amigos. Eu quero que saibam, que eu amei vocês muito."

Dito isso, Odin se levantou, e ergueu sua lança Gungnir do chão. Então se pôs em marcha, para fora do palácio em direção do estábulo e aí, gritando tão forte que os fundamentos do Valhala tremeram, chamou seu nobre corcel de 8 patas, Sleipnir. O corcel chegou relinchando.

"Para onde queres ir, Altíssimo Odin?"

"No fim, meus amigos, me lembrei de qual é minha função na última batalha."

Montando o corcel, o Deus ganhou de novo a antiga força que tinha guardado por todo o tempo.

"Cavalgo em direção de Vídgríd, o mundo onde Surtr e os deuses justos irão chocar na última batalha. Não espere por mim, já que nunca vou voltar…"

O corajoso Sleipnir não precisou ouvir outro, ele começou a correr explosivamente.

Em poucos segundos, corcel e cavaleiro cavalgavam depressa além do mar de nuvens e sempre mais longe. Então, Huginn e Muninn, "pensamento e memória", viam a despedida do seu amado dono. Odin não teria sobrevivido a batalha. O riso, a voz, o ruído dos passos dele não iriam mais ressoar na sala da adorada casinha.

Os pequenos corvos continuaram por um tempo a explorar o céu com o olhar. Pois, quando aquele pontinho desapareceu a curvatura da terra, seguiram observando, até que o céu se tornou de fogo e tudo alcançou o seu fim. Depois refletiram e lembraram, até que pensamento e memória não faleceram e o sonho chegou ao seu fim.

Índice

www.ingramcontent.com/pod-product-compliance
Lightning Source LLC
Chambersburg PA
CBHW030406160726
47992CB00007B/2991